AF262253

PIERRE AU SERMON.

Prix : 35 centimes.

SE VEND

Au Mans, chez l'AUTEUR, rue de la
Comédie, N.° 10.

A Angers, chez HÉNAULT, libraire,
place du Lion-d'Or, N.° 37.

ET CHEZ LES MARCHANDS DE NOUVEAUTÉS.

Mars, 1818.

PIERRE AU SERMON.

> Ce sont les fanatiques et les ignorans
> qui font les révolutions.
>
> BOULANGER.

ON a fait le procès à la curiosité des femmes. Le tribunal suprême de l'opinion publique, en prononçant l'arrêt de condamnation, a ordonné qu'il serait tiré à un nombre infini d'exemplaires, et placardé sur toute la surface du globe. A partir de ce moment, on a dit en proverbe, d'un bout de l'univers à l'autre : *curieux comme une femme.*

Je me hâte de déclarer que je ne pris, de ma vie, part à cette procédure inique. Si, au contraire, j'en eusse été saisi, ces dames n'auraient à se plaindre ni de sa scandaleuse publicité, ni de la sentence elle-même.

Que les frondeurs épuisent ici le carquois de leurs sarcasmes! Je n'en dirai pas moins que la curiosité est chez moi le sentiment prédominant, le souffle de la vie. Dieu me préserve dans mon heureux élément! Car, ne pas être affecté à ma manière, c'est vivre étranger aux sensations les plus délicates. Voudrait-on, en effet, que j'eus des yeux pour ne point voir, des oreilles pour ne point entendre, des pieds pour ne point marcher, une langue pour ne point parler? Non, messieurs, non : je ne ressemblerai jamais aux idoles de l'*in exitu Israël*. Il n'est pour moi ni repos ni bonheur, si je n'ai vu, su ou entendu tout ce qui s'est fait, dit ou raconté, chaque jour, dans mon horizon sensible; si je n'ai vu arriver dans mon bureau de l'extérieur tout ce qui porte le cachet de la nouveauté. Vive Dieu! Quel attendrissant accueil pour quiconque offre de l'aliment à ma curiosité! Je ne chicane ni sur la nature, ni sur l'authenticité des faits : c'est de la consommation qu'il faut à un estomac comme le mien.

Si vous avez aperçu l'abeille butinant autour de la ruche, dans le domaine qu'elle s'est choisi, vous possédez l'histoire de ma vie. Mon premier soin, lorsqu'il s'agit de me préparer un cadre, est de m'emparer à la fois de tous les quartiers d'une ville. Après quoi, j'attends, avec une vigilance infatigable, que le public s'y forme en groupes, afin de me jeter au milieu de lui et le suivre dans toutes ses directions. Dans une même heure, on me rencontre à la cour d'assises, devant une loterie ambulante ou une roue qui vient de se briser; à l'ouverture d'un spectacle, à une table de café ou sur les traces d'un mort; au pied de la chaire d'un prédicateur, devant les tréteaux d'un bâteleur ou à la bride du cheval d'un charlatan. Par-tout je prête une oreille attentive. Le soir, je résume les observations du jour, en me répétant délicieusement qu'il n'est point, pour un penseur, de plus riche moisson que le chapitre bizarre des caprices du public.

Je tressaillis d'aise en voyant hier la multitude se répandre à flots par la ville du Mans. Je me hâtai de prendre place, et tandis que je m'acheminais, à pas comptés, vers l'idole du jour, je fus bientôt à même de reconnaître que ce ne serait pas du profâne. Les figures étaient longues et contrites, les yeux étaient à terre, la marche était silencieuse : tout, autour de moi, respirait l'humilité chrétienne. J'allais peut-être me laisser gagner par la contagion; j'avais déjà passablement l'air d'un revenant de carême, lorsque j'aperçus à mes côtés un bonhomme avec lequel je passai furtivement l'ennui de cette promenade.

ARISTE. Si j'en dois croire mes yeux, nous marchons coude à coude, le bonhomme Pierre et moi.

PIERRE. Tudieu! monsieur, on a raison de dire que le loup revient toujours au piège.

ARISTE. Vous paraissez troublé : auriez-vous quelque raison de craindre mon abord ?

PIERRE. Ma confusion est celle du coupable que l'on place en regard de ses juges.

ARISTE. Parlez plus ouvertement.

PIERRE. La promesse que vous m'avez faite de me conduire à l'école d'enseignement mutuel, pour me démontrer les avantages de cette institution, n'était point échappée à ma mémoire. Je venais donc, avec le voisin André, vers votre demeure, dans l'espoir de vous dérober quelques heures de votre loisir, quand nous avons été pris de front par cette longue procession. J'ai demandé ce que l'on prétendait faire; on m'a répondu qu'on allait à la mission. A la mission! c'était un mets trop friand pour des paysans comme nous, pour que l'eau ne nous en vînt pas de suite à la bouche. Voilà, monsieur, l'aveu de ma faute. J'attends, *dans un silence respectueux*, que vous prononciez sur mon sort.

ARISTE. Véniel que tout cela! L'occasion de visiter cette école se reproduit chaque jour. Aussitôt que le directeur aura obtenu de ses élèves un ensemble parfait dans les manœuvres, nous irons en son enceinte élever notre raison. Aujourd'hui, ne songeons qu'à l'humilier devant les dogmes de nos révérends frères de la mission.

PIERRE. Ne craignez-vous point, en me déliant ainsi la langue, qu'elle ne vous fasse bientôt, par le débordement de ses questions, repentir de votre générosité? Prenez-y garde, monsieur, la matière est toute neuve.

ARISTE. Je vous donne champ libre : je me sens aujourd'hui d'humeur de gloser.

PIERRE. A la bonne heure. Je voudrais bien savoir, d'abord, pourquoi, quand tous nos autels ont leurs prêtres, nous voyons venir parmi nous ces nouveaux apôtres de la foi? Je ne puis m'expliquer le but de leur mission, qu'en supposant qu'il est survenu dans le domaine de l'Église quelque grande révolution dont ils sont chargés de nous transmettre le bulletin.

ARISTE. Patience, bonhomme; nous allons examiner leurs dépêches. Je serais bien surpris s'ils ne les tenaient directement du Tout-Puissant lui-même.

PIERRE. Je me suis laissé dire qu'ils ne nous proposent rien moins que de nous ouvrir les cieux et de nous y conduire.

ARISTE. Si cela était, et qu'ils voulussent me garantir de me reprendre au retour, j'irais, de ce pas, me faire inscrire au bureau de leur diligence.

PIERRE. Et moi, je demanderais une modeste place sur l'impériale, comme je le fis pour mon voyage à Paris. Mais je ne vous ai pas dit aussi que, pour voyager avec ces messieurs, il faut payer d'avance et se laisser bander les yeux.

ARISTE. Ceci devient trop fort. J'aime bien, comme on dit, à payer comptant, mais jamais d'avance; à marcher le front haut et la vue découverte.

PIERRE. Je partage votre avis.

ARISTE. Or ça, Pierre, nous voilà dans le temple du Seigneur : écoutons.

(*Un chœur de filles.*)

Accourez, peuple fidèle,
Venez à la mission :
Le Seigneur, qui vous appelle,
Veut votre conversion.

PIERRE. Malpeste! les belles petites créatures! quels

gosiers cela vous a ! C'est bien dommage que tant de tristesse flétrisse de si jolis minois.

ARISTE. Vos exclamations me feraient assez croire que vous seriez aux prises avec certain démon que vous connaissez bien.

PIERRE. On a des yeux comme un autre. Le nom de ces drôles de petites poupées, s'il vous plaît?

ARISTE. Ce sont les chastes épouses de Jésus-Christ; dévorées d'un saint transport, elles chantent des cantiques à sa gloire.

PIERRE. Encore à leur printemps, se voir réduites à la chasteté du veuvage! Oh! je conçois à présent qu'elles ont raison d'être tristes.

ARISTE. Chut donc! Pierre. Si nous étions entendus, on nous mettrait en pièces. Attention, l'on va commencer.

UN MISSIONNAIRE. Venez, ô nos très-chers frères, venez écouter la parole du Dieu qui nous envoie vers vous : nous sommes, sans contredit, ses disciples.

ARISTE. Montrez-nous vos pouvoirs.

LE MISSIONNAIRE. Nous sommes, sans contredit, ses disciples; car il nous a dit : « Ce que vous remettrez sur la terre, sera bien remis; ce que vous retiendrez, sera bien retenu. Allez et instruisez les peuples; allez, et souvenez-vous bien que celui qui vous écoute, m'écoute; *celui qui vous méprise, me méprise.* »

PIERRE. Le discours était flatteur.

ARISTE. Voilà donc les ministres de Dieu devenus,

de plein saut, infaillibles comme leur maître; les voilà revêtus de sa toute-puissance, et, pour ainsi dire, aussi dieux que lui-même. Qui osera, quand ils se donnent la Divinité pour complice, leur faire un crime d'avoir exterminé les peuples entiers de l'Amérique, anéanti les empires du Mexique et du Pérou, dévasté l'Afrique et ravagé l'Inde ? d'avoir couvert l'Espagne entière des bûchers de l'inquisition ; ensanglanté les champs de la Vendée ? (1)

PIERRE. Mais, monsieur, ne vous disent-ils pas que c'est la cause de Dieu qu'ils veulent venger ; que c'est sa gloire qu'ils défendent ?

ARISTE. Venger Dieu, défendre sa gloire ! n'est-ce pas faire insulte à sa sagesse, à sa puissance ? Ne sait-il pas mieux que les hommes ce qui convient à sa dignité ?

Ah ! si tel était le souverain arbitre de l'univers, qu'il sanctionnât les atrocités commises en son nom, je ne l'appellerais plus un Dieu : je dirais, c'est un tyran cruel.

PIERRE. On est plus tolérans de nos jours.

ARISTE. Quand une nation s'éclaire par une sage législation, il ne reste plus à ses prêtres que le ridicule

---

(1) On a vu tout récemment encore, dans un département voisin du nôtre, un essaim de jeunes abbés quitter le séminaire pour s'en aller combattre dans les rangs des chouans.

On a vu les conseils de ces mêmes chouans présidés par de vieux prêtres en soutane. Eh ! quelles questions s'agitaient dans ces infâmes conciliabules ? Vous le savez, patriotes de l'OUEST.

inhérent à la faiblesse qui veut être la force : alors ils prêchent la tolérance et la paix. Cette même nation vient-elle à retomber dans sa primitive ignorance, vous les voyez redevenir forts, et pratiquer de nouveau les persécutions et la violence. Ce n'est donc pas à eux, mais à l'esprit du siècle, qu'il faut faire honneur de cette modération.

LE MISSIONNAIRE. Nos très-chers frères, le Seigneur nous délègue vers vous pour vous dire que vous vivez comme des forçats.

PIERRE. Holà ! eh !...........

LE MISSIONNAIRE. Que, désertant nos temples, vous avez pris pour guide *cette malheureuse raison qui fit, de tous les temps, la perte du genre humain.*

ARISTE. Ceci se recommande de soi-même.

LE MISSIONNAIRE. Ingrats ! vous ressemblez à la brebis égarée qui méconnaît la voix de son pasteur.

PIERRE. Pourquoi a-t-on toujours la fureur de faire de nous du bétail ? L'image d'un roi gouvernant sa nombreuse famille, me paraît plus élevée.

LE MISSIONNAIRE. Vous vous êtes laissés prendre bêtement à des idées d'indépendance et de fausse gloire; vous avez cru aux conceptions du génie. Que dis-je ? vous avez parlé de votre dignité, vous qui n'êtes que des êtres vils et méprisables. Fatigués de béatitudes, ennuyés de vivre nonchalamment dans les ténèbres de la foi, vous avez mis la tête à la fenêtre, et vous êtes engoués de la lumière. Votre aveuglement était tel, que vous n'avez pas senti que vous touchiez au fruit défendu ; qu'en foulant aux pieds vos lisières, vous ouvriez sur vous la boîte de Pandore. (1) O fatal aveuglement qui vous a tous perdus !

Ariste. Qui n'a perdu que vous et les vôtres, monsieur le missionnaire. Comment concevez-vous, s'il vous plaît, que nous sommes tombés dans l'aveuglement en nous passionnant pour la lumière ?

Le Missionnaire. Nous étions vos intermédiaires auprès de la divinité, et vous avez dédaigné notre médiation. Vous avez mis une barrière entre le ciel et vous.

Ariste. Vos services sont trop dispendieux. Nous traiterons désormais directement nos affaires.

Le Missionnaire. Dites, race de malédiction, qu'avez-vous fait depuis que vous avez désavoué notre autorité ?

Ariste. Je vais vous le dire, monsieur le mission-naire. Nous avons avancé notre civilisation et préparé celle de l'Europe entière ; nous avons écrit en caractères de feu, sur l'étendard de la nation : *Nous voulons être libres !* et, en dépit des efforts conjurés des tyrans civils et mystiques, des coalitions homicides, cette devise est demeurée ineffaçable ; nous avons créé des lois qui sont passées subitement dans les codes des peuples voisins, pour les immortaliser ; nous avons battu l'ennemi sur tous

____

(1) Boîte dans laquelle tous les maux étaient renfermés.

les champs de bataille; notre industrie s'est perfection-
née; la nation s'est multipliée; nos champs, cultivés par
des mains soigneuses, sont devenus fertiles; nous avons
élevé des monumens qui attesteront notre grandeur aux
générations futures. Voilà ce que nous avons fait.

O céleste lumière de la raison! toi seule peus conduire les hommes au bonheur; toi seule leur apprens
à cultiver les vertus et pratiquer la justice. Tu pro-
tèges le pauvre, mets en sûreté le faible, et assures à
chacun la jouissance des droits qu'il tient de la nature.

LE MISSIONNAIRE. Ah! soyez ignorans, mes frères;
de par Dieu, soyez ignorans; car le Seigneur nous a
dit : *Heureux sont les pauvres d'esprit.*

ARISTE. A d'autres, monsieur, à d'autres; les hommes ne veulent plus croire que l'ignorance prévale sur
la sagesse et le savoir; que l'aveuglement l'emporte sur
la prudence.

LE MISSIONNAIRE. Gardez-vous bien, je vous en
conjure, de vous laisser séduire par les vanités de ce
monde. Que vous importe, dans cette vallée de misère,
d'être libres ou serfs? que vos campagnes soient en
friches ou fertiles; que votre royaume soit puissant ou
faible, vos lois sages ou oppressives, votre industrie
florissante ou morte, votre population claire ou serrée,
vos bourses vides ou pleines, vos corps robustes ou
languissans : que vous importe? Sur cette terre d'exil,
la vie n'est que d'un jour. Vous allez partir demain. Ah!
songez, travaillez à votre salut, et moquez-vous du
reste.

PIERRE. Dieu me le pardonne, monsieur le directeur, je ne prendrai pas de vos paquets.

ARISTE. Doctrine attrabilaire et anti-sociale, qui ne tend qu'à dégoûter l'homme d'un monde réel, en l'é-prenant d'un monde indéfini; à rompre les liens du contrat social, en le laissant croupir dans une oisiveté sacrée; à couvrir la terre de moines et de célibataires. Vos campagnes restent incultes, vos voisins vous asservissent, vos monumens tombent en ruines, vous rampez vous-mêmes courbés sous la plus dégradante misère...... Qu'importe? vous faites votre salut. Je vous le demande, Pierre, une nation composée d'hommes tous occupés à faire ainsi leur salut, ne serait-elle pas la plus ridicule nation du monde?

PIERRE. Si je restais quelque temps ici, je n'y ferais que de la bile.

LE MISSIONNAIRE. Je vois déjà le bras de Dieu s'appesantir sur vous; déjà j'entends le bruit des chaînes dont va vous couvrir le diable, et le sifflement des aspics, des couleuvres et des vipères qui vont vous dévorer dans l'éternité. Esclaves rebelles, le roi votre maître va vous jeter pour toujours au fond d'un affreux cachot. Là, vous gémirez sur les suites de votre désobéissance; mais vous gémirez en vain, parce que vous n'avez pas évité le piège qu'il vous avait tendu.

ARISTE. On dit souvent dans la chaire que Dieu, s'il ne châtiait un pécheur, manquerait aussi formellement à sa propre majesté qu'un roi qui ne punirait pas un *esclave* insubordonné.

Quelle idée basse c'est se former du plus élevé des êtres! Le roi tient sa souveraineté du peuple qu'il gouverne. Par le contrat social qui consacre cette convention, le peuple jure respect et soumission à la personne du monarque. Enfreindre ce serment, c'est porter atteinte aux lois publiques, c'est menacer l'ordre social. En peut il être ainsi de Dieu qui crée les peuples et les régit de sa pleine autorité? Croire qu'il ait besoin d'une réparation de notre part, n'est-ce pas lui donner les passions d'un homme, n'est-ce pas le former à son image?

LE MISSIONNAIRE. Homme plus endurci que le marbre, es-tu donc sourd aux orages qui grondent sur ta tête; ne vois-tu pas l'abîme s'entrouvrir sous tes pas? Hélas! que tu ne sais guères combien est terrible la vengeance du Dieu que nous enseignons, puisque tu n'es pas anéanti! Un moment encore, malheureux, et les sources de sa miséricorde vont se fermer pour toi.

ARISTE. Ne semble-t-il pas que les lois de la nature vont se déranger pour seconder les fureurs de ce bon missionnaire?

LE MISSIONNAIRE. Pourquoi, puisqu'il t'appelle à lui, ne reviens-tu pas à la voix du Seigneur? Ne te montrons-nous pas le port où tu trouveras ton salut; n'as-tu pas devant toi la planche qui doit t'y conduire? Voilà l'eau que le Seigneur nous a laissée, et qui te lavera de toutes tes iniquités.

ARISTE. Tant que l'homme se saura les moyens de

se laver du crime ; d'échapper au châtiment avec de l'argent ou de frivoles pratiques, il n'existera aucune morale, aucune vertu dans la société.

LE MISSIONNAIRE. Nous avons, *au plus juste prix*, des prières, des absolutions, des bénédictions, des purifications, des invocations, des petits habits de la Vierge, et autres amulettes qui sont autant de talismans contre les tentatives du démon.

ARISTE. Ne rougissez-vous point, apôtres de l'erreur, de vous attribuer ainsi des prérogatives au moyen desquelles vous trafiquez des grâces et des pardons de la Divinité, et mettez, pour ainsi dire, le ciel à l'encan ?

LE MISSIONNAIRE. Venez abjurer, entre nos mains, cette raison qui vous a tous égarés, et reprendre votre heureuse innocence. Si vous observez religieusement le jeûne qu'il vous prescrit, le Seigneur oubliera que vous avez mangé de la viande comme des chiens. Si vous déposez à ses pieds ces richesses qui vous corrompent, il oubliera que vous vous êtes livrés à une basse cupidité. Si vous déchirez votre chair en signe de désespoir, il vous rendra sa tendresse. Si vous affirmez qu'il y a un gouffre au centre de la terre, et assez d'espace dans la vallée de Josapha pour contenir tous les élus, il vous chérira comme de bons croyans. Si, enfin, vous restez à poste fixe dans nos temples, pour faire retentir leurs voûtes des cantiques sacrés, il vous conduira dans cette terre promise que je vous souhaite au nom du Père, du Fils et du Saint-Esprit. Ainsi soit-il.

ARISTE. Eh bien ! bonhomme Pierre, que dites-vous de la bordée que nous venons d'essuyer ?

PIERRE. J'en suis abasourdi.

ARISTE. Quand on eut peint Dieu méchant et envieux, quand on l'eut représenté courroucé contre son peuple, il n'y eût plus qu'à inventer un système funeste d'expiations pour asservir la foi de l'homme. Offre à ton maître le sacrifice de toutes tes jouissances, lui dit-on, ne t'étudie qu'à t'imposer de nouvelles privations, prends tes plaisirs pour des crimes, aime la douleur, abjure l'amour de toi-même, persécute tes sens, déteste ta vie, et tu parviendras à fléchir la colère du Seigneur que tu as irrité.

PIERRE. Je n'ai que du plus gros bon sens, comme vous le savez. Cela n'empêche pas que je parierais avec le plus hardi, que ce n'est pas là ce que Dieu a voulu de l'homme quand il l'a formé.

ARISTE. Dieu, tel que je le conçois, est d'une bonté infinie. Il a créé l'homme pour le bonheur. Certes, s'il eut pu en être autrement de sa pensée divine, il lui eut donné une organisation différente. Par sa sensibilité, l'homme tend aussi invinciblement à être heureux, à fuir la douleur, que le feu à monter, et la pierre à descendre.

PIERRE. Mais, monsieur, pourquoi Dieu nous a-t-il environnés de tant de maux ?

ARISTE. Gardez-vous bien de murmurer jamais contre les décrets de sa providence. Songez, mon ami, que nous

portons en nous-mêmes des signes certains de notre im-
perfection, et que comme tels, nous devons être soumis
à des vicissitudes. La plupart de nos maux, d'ailleurs,
ne nous viennent que de nous-mêmes. Quand les hommes
sont sages, c'est la balance du bien qui l'emporte.

PIERRE. La présence de ces missionnaires me donne
de l'inquiétude. Je crains qu'ils ne nous parlent conti-
nuellement de l'autre monde que pour nous faire oublier
celui-ci. Ma foi, lorsque j'en aurai fait le voyage, je
chanterai, tout aussi haut qu'un autre, les louanges de
ce nouveau monde, si je m'y trouve commodément.
Mais, en attendant, j'aime bien à entendre parler du
pays que j'habite.

ARISTE. Je me suis dit comme vous : que viennent
faire au milieu de nous, ces vétérans du christianisme?
Espèrent-ils nous enlever d'assaut avec leur artillerie
divine? Mais, les Français sont aguerris.

PIERRE. Je suis un bon chrétien. Mais, je ne veux pas
pour cela, cesser d'être un franc patriote.

ARISTE. C'est-à-dire que vous êtes chrétien à la
même manière que vous êtres patriote. Vous ne voulez
croire ni monsieur de Châteaubriand qui vous crie que,
pour devenir libre, il faut vous faire esclave; ni celui qui
vous dit que pour jouir du vrai bonheur, il faut vous
mutiler. Vous chérissez une religion puisée dans les
règles de la saine morale; une religion amie de l'homme,
qui lui recommande l'union, l'humanité, le respect pour
les lois, le dévouement à la patrie. Quelles consolations
n'offrirait pas une doctrine religieuse qui serait en har-

monie avec les lois humaines ! Est-il un plus doux spectacle que celui d'un bon prêtre qui, se faisant le père
de ses fidèles, les éclaire, les console dans leur moindre
affliction, encourage leurs travaux, les réchauffe dans
son sein, leur apprend à pratiquer entr'eux la justice,
à respecter la morale, leur enseigne leurs devoirs envers
la mère-patrie, envers le monarque.

PIERRE. Vous avez fait le portrait de monsieur notre
curé. Oh ! c'est que celui-là ne nous fait jamais peur. Il
ne parle qu'au cœur. Aussi, nous ne passons jamais devant lui, sans baisser respectueusement notre chapeau.
Il nous fait aimer Dieu et respecter la charte.

ARISTE. Retournez à votre ferme.

J'obéis, monsieur. Je vais revoir ma femme et mes
enfans qui ne me reçoivent jamais sans pleurer de plai-
sir; mes voisins qui iraient au bout du monde pour me
témoigner leur attachement. Bon père, bon mari, bon
ami, aimant Dieu et notre curé dans toute la ferveur de
mon âme, voilà ma religion à moi ; et puis, que l'ennemi vienne à menacer , on me verra, malgré mes
cheveux blancs, des premiers sur la ligne. Au reste,
serviteur fidèle de mon nouveau maître que je bénis de
tout mon cœur.

ARISTE. Pierre, vous êtes un brave homme; allez
rejoindre votre voisin André, et dissipez, par une
double rasade, la noire mélancolie qui nous assiége
depuis deux heures.

DENIS-CLAUDE BARBIER.

Au Mans, de l'imprimerie de RENAUDIN, rue des Trois-Sonnettes, N.º 9.

www.ingramcontent.com/pod-product-compliance
Lightning Source LLC
Chambersburg PA
CBHW061848060726

47597CB00008B/3631